Shoot de story

Édition : BoD – Books on Demand,

12/14 rond-point des Champs-Élysées, 75008 Paris

Impression : BoD – Books on Demand, Norderstedt, Allemagne

ISBN : 978-2-3222-4876-6

Dépôt légal : Juin 2021

Shoot de story

courtes et stylisées

ONE SHOOT

« Vous avez cultivé votre différence, partagé les efforts et les points communs afin de revendiquer et exprimer vos valeurs, respectant votre univers et celui des autres... Vous êtes certainement un créatif culturel, à l'affut des idées, des réalisations, du développement pour encourager et transmettre ; pret au partage et son enrichissement. Vous êtes… ce que vous êtes ; toujours avec votre potentiel à exprimer. Souvent ce concept abonde avec l'essor de la psychologie positive et qui par notre condition fragile produit des échelles de valeur et se situe à l'hégémonie d'un discernement individuel. Mettant en avant le potentiel de chacun au centre des prérogatives, il important de ne pas sacrifier les motivations induites de l'échange et de la concertation. Faisons du potentiel la vraie référence, multiple, synergique, globale ;

avec ce que vous êtes… ce que nous sommes fait référence ensemble. »

Cet avant-propos se trouve être le discours créé pour l'activité d'éducation artistique et culturelle « occurrence » dont je suis l'artiste et le référent. Je présente ce recueil qui élabore les types de registres et les styles que je conduis dans l'optique de mes ateliers d'écritures. Ces textes sont un peu la consécration d'un long travail sur soi ainsi que celui d'écriture, pour ne présenter que l'objectivité et les racines des types de récit. Ceci fait aussi écho à mes capacités d'analyse et de synthétisation attachés à mon vécu, d'un désir et d'une recherche d'exigence. Il se veut pourtant léger et accessible, pourvu que chacun y décèle une part de sensibilité.

I

Est-ce que l'on peut se plaire sans que le vide nous atteigne…

Est-ce bien vous… l'émotion m'entraine…

Quand le cœur sur la main nous entraine à nous battre

Ravivant vos yeux, raviver vos cœurs si l'ennui vous trouve sur le chemin !

Emotion éphémère ou bien devin, angelin … Même tout bas, je te dirais, attendri, que les silences sont… Mais ta présence resonne mise au monde pour décrire ton auréole.

Allez hop ellipse les éclipses, cache-t-on vraiment l'envie d'un jour qui brille ?

A travers la pêche de l'aube naissante, je marche comme si j'applaudissais et je versifie, titube en dedans. Ma tête délie note, danse de rimes choc à son monocle enchantant, je les consigne allez hop !

Puis se maquille, se ravise, se rabiboche une ligne de vers et d'ébauche ; farouche anicroche, synonyme de hasard envolé à la matinée. C'est peut-être une idée qui fait sa course folle dans ma caboche

Elle s'enfile, s'effiloche

Je dois m'habiller mais je t'accroche.

Sur le fil, un papier que j'encoche.

Un bouquet de mot en mot se fera-t-il ?

J'en fait une liste d'approche…

Que j'accroche des je t'aime au son de l'église, un mot gavroche pour la lune indécise et dans son quartier, y aller les mains dans les poches, pour gonfler l'échine et chiner.

Dans sa loge inspirer, expirer

Voilà que je rime, d'aujourd'hui enivré.

Et prier d'arriver, cheminer !

Dire que c'était une idée

D'une sainte journée, léger

Comme l'inspiration est proche

Tant de matin en hymnes

En fait ta mine sublime,

Asymptote des rêves en rimes

Et si le soir me grignote, je rechante

Ici gigotant d'onirisme

Mon petit paradigme de vocalise

Argenté au temps des songes infinis

De métaphore parfumée d'envie, telles ces fleurs au matin qui survivent

Je m'envole à l'utopie

De mes doigts et mon âme je construis les bravades de mon cœur en émotions pour la vie

Je voue une tendresse, vous voyez là

Elle chante comme caresse avoue

Les ailes de nos mots, ici et là

Je vole…

A suivre…

Histoire courte « inspiration de matinée »

Jérémie Guidez

II

Ils étaient trois dans la forêt du bois Magneux. Tuant le temps, après la gym d'un samedi sans école ; son père, sa sœur et le bon Dieu.

Ils ne sont plus que trois le soir près du feu : Le père, la mère et le chien qui batifole au milieu. Du salon, les photos ont le souvenir des farandoles. Et quand viennent les jours de fête, tout le monde s'y colle en invitant grand-père, dans un fauteuil racontant ses histoires, toujours son chapeau de paille à la main, fier comme pas deux.

À mon tour, en chemin nous nous sommes retrouvés à trois : les souvenirs cajolant mon temps plus vieux cette fois, un poème pour te dire toute ma tendresse, et le vent.

Vient laver mes émotions... Le parfum de nature en caresse. Sur le pont de mes pensées, j'espère ce temps plus beau, partager avec toi cette rosée point s'en faut. Avec le pont de mon enfance qui éclaire ma mémoire, dans ce paysage gris clair, aux bons souvenirs du temps où nous étions petits qui maintenant se jouent amoureusement des brins de chevelure couleur du soir, souvenirs précieux pour tromper le temps las et sécher nos habits.

Te souviens-tu dans nos shorts trop petits, nous jouions dans la paille et d'adolescentes pulsions et cris sont devenus le lieu de nos premiers émois. D'un temps sans emprise, je me remémore souvenirs sans faille à l'abri d'un amour sensuel et prémices de cet événement de joie. Sur le pont de mes pensées, aujourd'hui c'est un peu la mélancolie fauchant les blés, j'aimerais replonger dans son champ de pois et son doux matelas. Retrouver de nouveau cette étincelle en ce jour de pluie, faisant même notre soif de vie et nature insatiable, flots des lendemains sans savoir quoi.

Et fais cet appel, souviens-toi, près du pont de notre enfance, ces pierres de notre temps, je m'en rappelle souvent, qui nous soutenaient, on aurait pu se croire éternel même si nous parlions sans aisance, cela nous suffisait pour sortir s'émerveiller cheveux au vent. Que j'aimerais en parler au présent, d'un petit plongeoir, laissant de côté les problèmes. Les pieds dans l'eau, faisant du chahut, pour la belle, en mettre plein la vue.

Je me souviens de ses petites poires, belle Hélène. Derrière ce pont, tu me laissais faire tes couettes, Je te mettais dedans des boutons d'or pendant que tu me faisais un collier de pâquerettes. Que ce jardin, ce temps était beau, je m'en souviens encore. Nous avions soif d'aventure avec un appétit sans fin, nous étions fiers, dans le temps simple sur le bord d'une rivière. Continue son cours d'eau, d'effluve entre nage et prière. Pour qu'au temps de nouveau espérer respirer ce bon air ; Et ne pas oublier l'insouciance, le pont de mon enfance et les chemins d'alors.

A suivre…

Histoire courte « le pont des initiés »

Jérémie Guidez

III

Sur l'écriteau, au feutre noir et rouge argenté, il retranscrit en gros « tchao bella ». Presque anecdotique, aucun n'accordera crédit à cette phrase grossière qui avilit le cliché d'un rital sous reflexe macho et voyeuriste.

- Bonjour bella
- Qué tal amigo, il n'est pas banal ton Pancho.
- Une pièce pour ké je mangue, bella señorita

Un silence les tabasse

Elle sort une bière du bistrot, toute fraiche et décalottée au goulot. Elle la porte à ses lèvres esquissant un sourire pincé. Pancho se souvient amèrement du goût de cet élixir jusqu'à imaginer son relent de mousse liquoreuse aux teneurs de téquila, d'un peu de gingembre et de citron. Le gossier à sec, le ventre criant famine, il finit par détourner le regard de la bouteille, réalisant dans le même temps cette goutte de condensation qui perlait sur la poitrine de la serveuse en arrière-plan. D'un même effluve perlant sur son front fiévreux et en manque d'ivresse, Pancho titube dans ces pensées, cherche une table où se reposer et s'enfonce un peu plus loin dans le bar.

-   Eh, Pancho qu'est-ce que tu fabriques ? Faut consommer pour donner le droit de t'assoir.
-   S'cusi Bella, j'ai comme une envie de soulager l'anaconda.
-   C'est pareil pour ton serpent à sornette, tu raque ou tu braque ton chemin vers la sortie, tira te soulager ailleurs...

Il tourne sa carcasse entrainant avec lui le Pancho qui se dévissa de sa houlette et gonfla son torse habilement par cette parure multicolore qui lui dégage un air mexicain, maillé d'une odeur de sueur et d'échalotte.

La serveuse ne le quitte pas du regard et couvre son décolleté au passage. Les femmes savent démontrer les plus secrètes bienséances d'un regard, d'une pensée. L'œil hagard, Pancho fini par regarder ses santiags qu'il traine sur le parquet. Ce fut pire qu'une bataille et devant la poitrine de Bella, personne ne pouvait être de taille.

En revanche, il ne put s'empêcher d'emprunter un sourire discret au videur, matant la scène depuis le début. Il n'avait pas grand-chose à y voir ; d'ailleurs Pancho se demande à quoi il sert ce gus. Lui aussi Bella l'avait à l'œil et ne serait pas étonné que d'un jour à l'autre, il se prenne un coup de nibard.

- Tchao Bella

Il continue sa route torturée jusqu'à la porte et une fois le seuil franchi, il se sent comme une espèce d'affranchi. Il avait franchi le palier de la honte et de la gêne, qui avait figé ses traits de visage et son allure à coucher dehors, depuis un certain âge

En sortant du bar, il cherche à atteindre l'abri bus, pensant se soulager derrière celui-ci, comme s'il avait bu tous les fonds de bouteilles de derrière le comptoir. A cette marche un peu pressée, il découvre les silhouettes d'une femme en habit du dimanche et sa jeune fille, cartable adossé à elle. A sa cambrure à peine formée, il ne pouvait guère sortir son braquemart sans que la pitié ne lui assène un béni cité aux lèvres pulpeuses par son accompagnatrice.

- Bon jour pour prendre le bus, vous attendez lequel ?

Un silence les tabasse

- J'avais une fille qui te ressemblait auparavant. Son cartable mimi pinçon était peut-être aussi lourd que le tiens.
- Maman, qu'est ce qui raconte le monsieur ? il est bizarre ! c'est quoi un mimi pinçon ?
- Ne te fatigue pas avec lui, il raconte surement des sornettes.
- Mais que nenni voyons, c'était la chair de ma chair, croix de bois crois de fer, si je mens, je vais en enfer.
- Arrêtez avec vos bêtises, on ne rigole pas avec le seigneur ! Qu'est-elle devenue votre enfant ?

Pancho s'essuie la bouche avec son accoutrement et reprend aussitôt.

- J'en pleure madame, tous les soirs. Sa mère est partie avec elle, soi-disant qu'elles ne me supportaient plus. Je ne faisais rien de mal, d'ailleurs je porte ce Pancho que je ne quitte plus et qui était son préféré…mais vous savez les femmes, eh bien ça change de goût comme de Pancho !
- Allons donc, c'est l'habit qui fait le moine… le bus arrive, nous allons vous laisser monsieur, bon courage

- Tchao bella

Le bus reprend sa route, avec à l'intérieur les deux demoiselles. Placardé sur la carrosserie du véhicule, une réclame de lingerie. Fine ironie…

La dame trouve sa place juste en dessous de cet insigne délicieux, les deux plans superposés laissaient supposer à Pancho des délires de fin de soirée. Ça lui a coupé l'envie de pisser. Dans la fumée et le bruit du moteur, notre panaméen de service lui, continue sa route à pied.

Fortuitement, il avait oublié de demander la piécette à cette bête du bon dieu qui lui faisait la conversation. Sur son chemin, il rêvait de retourner au bar rien que pour l'occasion de narguer bella et son tiroir-caisse avare. Ne songeant même plus à sa faim, il se laisse tenter par le coucher du soleil en lieu et place de l'abribus dont il en est revenu. Son fidèle Pancho lui tiendra chaud.

A suivre…

Histoire courte « tchao bella »

Jérémie Guidez

IV

Mon petit plaisir à moi, c'est de me laisser emporter à la dérive d'un livre. Dernièrement je dégustais des pages tandis que la machine à laver le linge battait tambour battant. Je m'étais pris à la lecture d'un monde que l'on oublie derrière la lessive et son bruit. Ainsi c'était quelque chose d'enivrant, remplie de secousse et de péripéties.

Je mouille, une à une, les pages de mon index pourléché, poursuivant la ligne de l'horizon lettré. Je beignais dans l'un de ces romans à l'eau de rose et au parfum rafraichissant. Chose qui ne m'avait jamais dépaysée depuis ma lecture chevronnée de la collection « le club des cinq ». Ariel, st marc, cerise, petit coincoin et peau de pêche comme j'aimais les appeler dans mes souvenirs. Avec ceci, j'embarquais plus en avant dans ce monde imaginaire qui m'appelait comme un petit mousse. Les marchands de saint germain des près m'avait conseillé une édition de vingt mille lieues sous les mers. Je me disais au début que cet auteur ne pouvait pas tremper dans d'aussi grande profondeur. Eh bien détrempez-vous, c'est une œuvre aussi profonde que mystérieuse. Alors quand c'est dans sa première et unique parution, comme me l'expliquait le bouquiniste, les dessins sont somptueux et je suis étonné, vue les ancrages de couleur, que d'autres ne la vendent. Rien que l'enluminure d'étain m'éblouie, me subjugue, me transporte dans les confins de la collectionneuse que je suis.

J'éprouve une sorte d'ébullition lorsque je mets à repasser mes lectures homogènes. C'est un principe que je retrouve dans la rédaction de chronique d'œuvres populaire. Je me rappelle au son de la machine à écrire une sorte d'émerveillements auparavant traversé dans un livre. Je divague déjà en quatrième de couverture de ma prochaine sortie de la laverie, impatient de reprendre ma lecture. Entiché dans les chaussettes rouge et vert à petit pois, je pense à cette pléiade d'auteurs reconnus qu'il me reste encore à lire ; Stephen King, Kong Jun Yan, Patrick duvet…

Tout ça va tournebouler dans ma machine, tout un programme.

Je ne m'imagine pas être à sec une seule seconde. Bien sûr j'en ai eu quelque fois des périodes lascives en lisant certains ouvrages. A tel point que je flippe en tombant sur un flop. Un gros coup de Calgon la dernière fois sur « parler chti pour les nuls », je n'arrivais pas à déchiffrer avec ma langue de moldu. Mais comme par magie, mes idées ont toujours du génie, je me suis forcée à parler avec un Ewing, homme très érudit au demeurant et il a bin fini par comprendre. Car l'on apprend de tout dans certain livre, à nettoyer sa syntaxe, associer des paraphrases à certaine ellipse et vous perdre dans une littérature épique. Il y aura toujours ce chaud, quête chère à l'auteur à se divulguer, qui va de pair avec la ferveur du lecteur. Même à y dépareiller les couleurs chaudes de l'évidence avec le froid du papier.

A suivre…

Histoire courte « Tambour battant »

Jérémie Guidez

V

Elle a le regard dans le vague, elle sent mon parfum.

Elle pose délicatement les mains sur la fleur qui lui empreinte le sourire_ doucement elle s'illumine. Elle relève les yeux, son dernier souvenir fulmine et lui fronce un peu les sourcils.

Sur le banc elle avait l'air de ne pas y penser, tout en remarquant bien que les passants se penchaient vers elle. Tandis que j'observais la scène, je prenais racine comme pour décorer le parc qui semblait être en harmonie avec son imprimé clair et discret ; elle avait l'air d'une fleur mature aux pétales quelque peu frissonnants sous la rosée.

Il y avait les sourires et ébahissements de la gente masculine qui repartait avec sa démarche et les mains dans les poches. Car elle dégageait cette indifférence sensible où un seul de ses sourires pudiques faisait écho à ma sensibilité… un petit battement de cils mélangé au chant des oiseaux et mon petit cœur déjà s'emballait. Sous son échine, mon cœur cendré éprouvait un antidote de mes perceptions intimes.

Elle saisit mes pétales délicatement, m'approche de son visage et je m'humectai de son regard et souffle enivré ; je ne pouvais que me sentir si belle à son approche, sous ses grands yeux. Comme une autre version de moi-même, sa délicatesse réalisait une photosynthèse d'une grâce humaine. Autour de son iris, le bleu que mon parfum voile et enrobe de son atmosphère laiteuse. Je vois rougir son teint ; ses hormones de plaisir dégustaient les miennes. Je me perds dans son regard au rayon de lune.

Sous ses yeux notamment, des roses dont quelques épines qui nous empêche de nous saisir.

Elle qui soigneusement se délectait de mon printemps ne pouvait échapper aux attentes lancinantes entre nos visites. Cette mélancolie agrafait notre temps de passion et faisait pousser la sève de mes jeunes années, que même l'onde d'un chant d'oiseau ne pouvait disperser. J'avais compris le sentiment et les passants se retournaient sur notre jardin gracieux, étrange spécimen : celui de couvrir amoureux le souffle des hivers et des attentes, celui aussi du sifflement de ce passant qui m'a enserrée et coupée de mes repères et racines.

Où vais-je me rendre, est ce que quelqu'un m'attend ? Sera-t-il sensible à me remarquer chaque jour ?

J'avais la sensation de comprendre encore plus la mélancolie de la dame sur le banc.

Alors depuis mon court séjour dans cette verrière de sensation étrange, de pose en remise en question, je me suis laissé pousser les bourgeons au soleil de ce souvenir et puis des nouvelles racines. Je retrouvais cependant mon regard de lune au seuil de la fenêtre. Puis lentement à travers la maison, je contemplais cette petite fille jouer et grandir, celle qui avait fait naître ma passion donnant une palette de couleur et d'émotions affûtée quel que soit le temps et les saisons, elles exprimaient ce que la vie et ses couleurs m'apportaient. Des rayons et une luminescence qui m'était unique pour me faire comprendre et grandir.

Vers ce qui se trouve être l'horizon, mes couleurs permettaient de charmer l'abeille et le papillon. De cette relation, je pouvais transmettre ma passion au dos de leurs ailes et pattes très chatouilleuses et quelque fois polissonnes. C'est ainsi que j'ai pu voir grandir mes compagnons ; un jardin de sourires et de fleurs mêlé aux vertus du ciel et des attentions.

Et sous ces conditions, je fis une rencontre mémorable avec un petit garçon. Il était de grands yeux noisette qui semblaient me dévorer, à cela s'ajouter des faussets lors de nos moments d'échanges. Il se cachait souvent sous mes branches déployées. De notre endroit préférer, je lui intimais de me rejoindre sous mes aspirations d'été. Moi le voyant si petit, je pourrais lui donner la tété si cela m'était possible. Au lieu de cela je m'applique à pousser dans son regard et lui laissé une place dans mon feuillage. Il me croquait avec une page si bien affûtée au crayon de bois, puis il taillait aussi mes branches vieilles ou malades, c'était un peu mon pygmalion de voyage lorsqu'il fallait me préparer aux hivers. Parfois bougon, il se chamaillé avec mes amis les bourdons, les voyants d'un peu trop près à son goût. Il convoitait aussi mes racines qu'il confectionnait plus tard en poudre, je l'accompagnais de mon mieux, plus solide et épanouie que jamais dans son officine.

Dans ce lieu, je pouvais retrouver mes amies les roses que la maitresse de maison prenait soin de confiturer, ces dernières avaient la couleur et teneur du sang, auxquelles je n'arrive toujours pas à m'habituer. Cela me rappelait l'époque de la dame de mes premiers émois, qui s'était piquée du chatoiement de nos ébats, coulant à mes nervures la rugosité particulière d'une terre sans foi ni loi. Rien qu'à la vue de mes congénères écrasées, cela me donnait de l'urticaire. Se piquant dans mon esprit, le souvenir de Tommy, chien abandonné, apeuré et ensanglanté par la maltraitance. Au milieu des déchets qui jalonnaient l'ancien parc, nous nous retrouvions dans son hurlement à la lune, seule compagnie qui nous tenait, avant que dame ne soit arrivé. Aujourd'hui j'en ai encore quelques cauchemars et plus dure est ma raison de vivre à travers cette réalité du soir, au cadet de nos hommes.

Lorsque j'étais jeune pousse je ne pensais pas à cela, j'étais comme prémunie de ne pas endosser cette grandeur qui inculque en contrepartie les combats. Même mon premier hiver était moins rude que leur monde pétrit de charniers et de pleures. Me fortifiant avec le temps, c'est en refusant dans le constat de ma vie entière que je puis défendre ma place et ma dignité liées à ceux qui avaient eu moins de chance que moi. A travers mes racines, j'entendais encore plus que les pas des irascibles, j'entendais celui des complaintes de leurs victimes ensevelies. Heureusement par nos symboles et propriétés, nous, les fleurs et les petits hommes, dégagions notre propre et paisible sensibilité.

J'ai eu la chance de le garder, ce petit homme aux yeux noisette, il me parcourait à l'époque de sa paume sur ce qui était mes pommettes de fleurs. Ses petites mains remplis de terre était bien plus agréable que les vers de terre chatouillant mes pieds. Puis le temps et les saisons nous ont espacé, ces vers aérant le sol, je les découvrais aussi comme ami bien consolant et rafraichissant ma besogne ; même mon compagnon chéri s'y est mis au travers de synonyme. Comme à ce matin d'automne, en l'observant gigoter son crayon, il griffonnait une feuille aussi rapidement qu'un gastéropode. Régulièrement il cherchait l'inspiration auprès de moi et il aimait à me donner parole en poème. Tout aussi impressionnant que les étoiles dans les géodes de ses yeux, il me faisait briller à travers des voyelles et des consonnes. Bien qu'un peu en illusions, en grandissant il découvrit les secrets que nature environne ; son rythme et ses émotions. Et par la même sa croissance qui était calqué à nos propriétés ; celle de la vie, de l'amour et ses épreuves, de ce temps qui nous accompagne toujours.

Il a bien fallu des pages et d'innombrables poèmes pour nous comprendre, et la musique. Celle qui au soir d'été nous avait enivrés de colchiques. Tout comme moi elle distillait dans le regard des hommes une mélodie de la belle saison, un temps encensoir de soleil à ces pas tapageusement chaleureux. De nos croissances et notre chant s'inspiraient l'insouciance et la liberté de nos êtres ; cela donnait autant sa place à des chardons comme à des coquelicots. Ensemble nous partagions la nature de la vie, ses joies comme ses soucis. Chacun à sa manière d'offrir à la vie sa composition en essence et en parfum qui plus ou moins nous réussit.

A suivre …

Histoire courte « la fleur »

Jérémie Guidez

VI

Ensemble l'on discute le bout de gras au marché du village. Elle a une voix féminine aux trémolos aigus qui s'accordait très bien avec son physique menu, affiché comme une pièce de choix miroitant le bout de mon épaule, de ma poitrine fumée et de mon jambon de Bayonne. Je l'ai observé souvent sur la place ou j'expose mon étalage de mets et plats cuisinés, toujours avec amour.

- Je note que c'est une provenance du coin, ça me fait un petit haut le cœur quand je les vois ici, ailleurs que dans leur près.
- Bonjour madame, élevé dans le coin en effet, mais que voulez-vous dire par là ?

- Par chez nous, j'aime toujours faire les marchés, mais je suis plus légume et fruit bio
- Ah mais vous avez raison, une bonne poigné de pruneau relevé aux petits oignons et ça se mange tout seul, je peux vous proposer cette belle pièce de filet bovin.
- Le pauvre, ça ne me fait pas envie du tout !

Je reste un peu dubitatif sur le coup, cette voix m'est tellement singulière que je l'écoute mais j'imprime que la moitié de ce qu'elle dit.

- Faut pas vous emballer M'dame, il en faut pour tous les goûts, un peu de viande comme un bon verre de rouge, c'est conseillé par le médecin.

Elle me fait une mimique avec sa bouche fine et rouge d'un cul de poule. J'y perds mon latin et mon tablier à rêver de cette bouche sur l'un de mes produits locaux. Elle me sort encore l'une de ses cordes sensibles, je ne l'écoute plus enfin, je l'entends mais ses lèvres me mettent aussi en garde à vue. Elle commence à m'expliquer avec son timbre clair et son discours concis me sert une salade végétarienne. Fichtre ! Moi qui suis le seul bouché du coin, je n'avais jamais croisé un tel spécimen. Elle me découpe en petits morceaux émus…

-   … J'ai bien plus envie et me régalerais mieux avec des œufs mayonnaises et une petite grappe de raisin en dessert, c'est suffisant pour un petit bout de femme comme moi.
-   Moi aussi j'ai envie !
-   Ah bon ! ne me faites pas marcher…

Elle se penche sur mon étalage et me tend un prospectus, papier recyclé, parfum symbiotique avec mes hormones sans dessus dessous. Sa main s'appuie sur la vitre et je suis prêt à la baissé quitte à ce que sa petite silhouette vienne se fondre sur moi et descendre le rideau de ma boutique sur l'instant même.

-   Vous verrez, c'est plus mignon quand c'est vivant…
-   Heu, merci…

J'ai son papier, quelque chose pour la recroiser après mon service et mes découpes de cette fin de matinée ; je m'imagine déjà faire chorale avec elle.

- Bonne Journée
- Vous aussi et à bientôt.

Je fais semblant de m'occuper de mon morceau de lard qui glissait d'entre mes doigts tellement elle m'avait donné une bouffé de chaleur. Je regarde attentivement le précieux sésame venant de sa part et je reste déconfit. Sur ce morceau de papier est écrit : réunion des confédérations véganes dans votre commune.

A suivre…

Histoire courte « bout de gras »

Jérémie Guidez

VII

Je n'aime pas quand les gens pleurent, que ce soit salvateur ou en balise à l'ego, je sens que je vais passer un sale quart temps. Sa muse, effectivement s'amuse à me tirer sous toutes les coutures ; moi qui me sens si bien plié en quatre épingles

« J'étais usagé », voilà ce qu'on se dit. Dans un couloir espérant la lumière et son reflet d'argent. Je me retrouve souvent délaissé au métro pour tout vous dire. L'issue de ma vie se résume ainsi, à la porte, au long voyage. Mais pour me comprendre, en tant qu'objet posé là entre deux fauteuils de madame Louvret ;

exactement le cul entre deux chaises ; je suis le compagnon qui jamais ne fera défaut. J'étais usagé, et garant des bonnes mœurs quand on me sortait de sa poche. Que je sois dans un costard ne change rien à l'attribut que l'on me porte. Doux, ou doublement rembourré, parfois je tombe en confetti. Mon destin se finit dans le caniveau ou à la poubelle, synonyme de carrière je relativise sur mon sort trop commun. Et tout compte fait je suis un peu comme tout le monde ; à la fin. Un peu spoilers, ça n'enlève rien au fait que j'ai une histoire et une place respectable. Vous m'avez sorti au moins une fois de vos chapeaux, pour me mettre mieux dans votre poche. J'ai essuyé des déboires et des traces, je caché le plus souvent des ecchymoses pour mieux m'en protéger.

Mais voilà, là où je suis, on me fait des gros yeux rouges. Cliché ou pas, la psy n'a pas su me répondre, si ce n'est que j'étais essentiel. De ce fait, j'ai ma place, éphémère, jusqu'à ce que quelqu'un m'attrape. Pour me prêter un semblant de considération, ils m'ont donné le petit nom de kleenex… vaut mieux en rire que d'en pleurer…

Je me suis retrouvé dans le salon de Mm Louvret la psychologue et de la ménagère à l'idéalisme déçu, fréquenté quelques gros bonnets à l'occasion d'histoires tard le soir ; chacun y trouvera son compte. L'usage veut alors que l'on m'empreinte, qu'on me fasse tourner. On m'utilise, on me déchire ; tout ça dans les cris. Dans ce stress de la salle d'attente, j'entends un de mes frères se faire chiffonner ; on me croit réconfortant en absorbant les états de choc…sans réclamer 50 euros la séance…ça c'est choquant, dans un monde idéal. Moi aussi j'aimerais bien me payer une séance d'origami alors que je me plie en quatre pour vous.

Si on me prend au mot, c'est un divorce, une émotion forte, à mourir de soif. On prend soin de moi si seulement je porte du parfum. Usager d'une larme, transport d'apitoiement, on me prend la main dans le sac ; jamais en vrac dès le matin, ou si peu ; mais pour une fois mon épiderme doux a trouvé l'abri d'une main forte. Demain je voudrais être magicien, qu'il m'étreinte de couleur rouge et d'ocre au lieu des farandoles de table ; ça me retourne trop ; je suis cash, usé, fatigué. Rangé dans un carton, personne ne me remarquerait à part Mm louvret qui me tend comme un coffret…mais ce n'est pas une demande en mariage. On m'utilise tant dans la société que je ne sais plus comment çà va_ cette question est encore d'usage. Il fut une époque où l'on me brodait des initiales ; et de vous à moi, ce quelqu'un me sert dans ses doigts, me regarde. Et même si je n'étais que d'un simple usage à me retrouver sur le quai d'une gare, j'étais et je resterais objet de désir et non de consommation.

A suivre…

Histoire courte « usager d'un secret »

Jérémie Guidez

VIII

Là, se rendre

A l'évidence pieds nus

Qui saura taire manigance,

Une intention ou tolérance

Et quelque chose de bienvenu

Qui tremble

Un vers des plus étranges qui se glisse

Et qui résiste, persiste

T'invitant à l'élégance

A mon aisance et cette essence

De plus en plus grande

Une pieuse joie qui s'invite

Dû qui s'effrite à gorge déployée

Un de ces refrains déployant l'appendice

Lequel se cachant sous un masque de volupté

A suivre …

Histoire courte « acrostiche coquin »

Jérémie Guidez

IX

Le renard en guinguette, de sa robe orangée, ne fera pas de quartier pour ce soir car il s'apprête à passer l'enclos et draguer des poulettes

Il s'approche collerette et dent acérée.

Au petit caquètement et jambes craquantes de ses dames, ce ne sont pas des balles de chasseur et l'aboiement de son doberman qui lui fera peur.

Mais ce soir le vénérable animal n'aura pas son reste, l'élevage en batterie étant devenu la norme d'une société plus digeste,

La prairie du chasseur a fermé, n'étant plus à la norme pour demain. Notre goupil ne lui reste plus qu'à picorer du grain avec son nouvel ami le chien. De grâce à ces lois le chasseur, par l'oubli de cette campagne de bête, à décider de se mettre au fait

Gardant avec lui les coqs afin de siffler la mise perdue ; il fit de ses bals un combat de rue.

Le renard pour entretenir son gout subtil, choisi son costume pratiquant aussi le combats de cette forme d'issue.

Pareille à des bêtes de scène, tout droit sortis des tavernes de naguère, tous cris comme des parvenus ; et à perdre leurs rangs se sont élevés les plus belligérant de politique austère ; continuant leur idéalisme prolétaire.

Qui revendique encore l'idée d'antan, se donne des lois de coutumes qui ne peuvent changer d'aujourd'hui à hier.

Car malgré la parole l'homme reste la bête la plus remplie d'instinct grégaire.

A suivre …

Histoire courte « conte en goupil »

Jérémie Guidez

X

Face A

Entrer dans le mouvement, j'entends que souffle le vent de souvenirs et de surprise. Il n'y a que successions de moments au vent et sa prise.

Sortir de l'instantané … Des clichés, s'apercevoir qu'on a changé sur les photos, les portraits.

Quelques cadres ont bougé ; pour sortir respirer le vent frais. À mon départ j'étais encore distrait, dans d'autres postures

Réglé par le contraste d'envergure je sors de l'instantanéité, d'un cliché entrevoir le recul… La prose est là et bouscule

Des pensées, faire la pause au sentir du vent iodé … Ta trace, le baume sur les lèvres gercées de l'hiver et ses quelques engelures.

Se prêter le temps de refermer la blessure, de nouveaux contours à découvrir. Conter et encore compter les bons moments. Faire de la place pour réfléchir ; la lumière confiant un sourire éblouissant.

Face B

Je ne peux m'empêcher d'être saisi de cet autre œil avisé volubile à tant d'attraits, l'objectif fixe et cette photographie :

Sur le creux d'un rêve et le réglage à la luminosité, sous le saisissement de ce moment … À cette vue imprenable sur le temps, le bon angle, la bonne posture, le flouté et le bruit.

L'image de ce matin, brume, le recul, l'action, les couleurs, le cadre ; réglage de jour ou de nuit

De la représentation, du cliché du sourire impalpable, le réveil me déclenche le trouble qu'auparavant inclassable.

Lisse aux couleurs, immobile bout de soi, sensible vernissage… Baigne le papier blanc, le négatif, supplantant les ombres et les nuances

Moi et ce travail préjudice à ma vision. La pluie et les larmes de ceux qui sont partis. Les vapeurs du fixateur rougissent mes yeux, embrumés de l'instant où ces bouches recelaient vie.

A suivre …

Histoire courte « Noir et blanc photo inversée »

Jérémie Guidez

XI

Parfois, il faut dire en vérité, je pense que le trait mérite d'être souligné…Sans cesse passé ou repassé pour un semblant de prétention, destiner ou modeler certaines idées à la recherche de l'attention ; cela devient un enfer, à défaire des ratures de compète.

Triste pensée et modalité, à l'origine j'effeuillais d'un blanc pur le cahier et j'y voyais des rêves sans démesure, qui respectaient le cadre. C'est de là que vient le savoir, et se complète de couleurs et nuances au mélange, à l'érudition. Puis ça vous pousse, le détail, la moindre louange vous exalte. Et cette exaltation c'est un peu le calque, le talc que l'on vous met et qui vous pousse à grandir encore. L'effluve de cette performance est sans cesse poussée, étalée dans la promiscuité du parfait et du parfaire. Le blanc et la vierge intention en deviennent désœuvrement qu'il ne faut presque pas atteindre sous peine ; ma peine qui dans cet accoutrement donne relief au blanc cassé, à la course d'un trait qu'il faudrait gommer tellement fort pour ne pas se griser.

J'espère ne pas vous avoir perdu dans le calque, à trop chercher à produire de résultat, prestataire des expressions à la confluence du mental ; conquis d'exact prétention à une pression constante qui reluit la procédure, la tangente ou la quadrature reproductible du schéma dans le quelle se joue le perceptible.

En quelques bribes, mon dessin est surtout devenu la perception d'être le calque accolé de sentiment, car pourquoi vouloir être intelligent quand le dessin masque le noir tracé illustrant le millimétré du vide et infini d'une effronterie sensationnelle de transparence.

Flouté dans ce discours, quelques rêves, l'utopie d'une société avec des gestes inclusifs qu'ils restent à faire pour accepter que je suis, que nous sommes sans jugement tracé ; une œuvre originale au support infiniment possible, immaculée et pure… du grain de la feuille blanche et non du calque.

Il ne manque, noyant point par point la ligne droite des frictions, l'euphorie de l'abandon, qui trace là le chemin et l'horizon d'imagination …même de travers... Comprenez qu'en se sentant décalqué, la précision de l'erreur, du décalage, du mouvement, forment un motif totalement indépendant et autonome descellant les marges d'un regard. Ne changeant que l'optique pour y voir cette sensation de tous les possibles, qui pourrait faire un acte en soi.

A suivre…

Histoire courte « calque en essai »

Jérémie Guidez

XII

Cela fait trois nuits qu'il ne ronronne plus et fait ses griffes sur le tapis. Madame se dit qu'elle n'avait pas eu assez de contrariété à lui rejeter depuis un moment. Le chat prend ses aises.

Il est emmitouflé dans la couverture, au-dessus du canapé. Une bosse étrange qui la sortirait presque de son sommeil. Surprise, cela faisait longtemps qu'elle n'avait pas rencontré cette attitude. La bosse bouge et ronchonne doucement. Ce n'est que le chat Jipsi… tandis qu'elle rêvait d'un je ne sais quoi.

Ça commence à être une habitude mais Jipsi confond les tuyas avec l'herbe à chat, qui des deux sera le plus déplorable.

Elle regarde Jipsi, le chat, en train de se prélasser sur ses genoux. Ses respirations sont lentes et profondes. Il inspire cinq secondes, se maintient un peu en apnée, puis expire cinq secondes. D'une grande délicatesse, il étire ses pattes avec grâce jusqu'au bout du bout du monde. Avec énergie, elle voit ses griffes se pointaient sur sa peau. Elle a alors mal mais cet état laissa un soulagement au-delà de la souffrance.

Un son roque et clair envahit la pièce. D'un regard soporifique madame se laisse aller à tâtons dans le sommeil du chat et son ronronnement. L'écho laiteux la soulage et lui fait doucement oublier le retentissement des secondes et des heures.

Il revient avec la gueule ensanglantée. Ce n'est vraiment pas un cadeau, c'est une souris morte. Jipsi, comment avouer qu'après tout ça, tu as bien laissé un bon souvenir. Madame visiblement donne sa langue au chat.

Elle avait eu vent d'une étude sur le sujet, mais n'eut jamais expérimenté ce genre de spécimen, d'une intelligence qu'elle ne put envisager, son chat maroulé.

Elle écoute avec angoisse. Des crépitements saccadés et des bruits de fracas raisonne ; c'est un cauchemar. Encore une souris dans l'armoire du garde -mangé et le chat joue de sa musique avec les tupperwares.

Ce manque lui faisait naître à l'essentiel ; trente minutes que le chat était parti sur le toit. Elle s'empreint d'inquiétude, confie ses rêves cette fois au temps qui passe. Un moment de lâcher prise plus tard, elle retrouve la compassion pour elle-même.

Des reflets en demi-lune s'approche tout doucement du porche, Madame se souvient d'avoir laissé les portes du salon entre-ouverte. Crescendo, sa crainte se dissipe au son d'un bruit de clochette. Jipsi est enfin rentré.

A suivre…

Histoire courte « récit chafouin »

Jérémie Guidez

XIII

Je l'entends dans un souffle qui ricane aux ailes des goélands, sur le podium des vagues, sur mon mât de cocagne titubant ma verve et son écume…

Conçu dans ces jeux d'ombres qui voguent dans le chant presque infime du vent flottant, insensible à l'abîme, avec ma peau séchait par cet embrun, je crois que réside en moi notre histoire qui mutile face au vent.

Défaillant de garder en mémoire l'obligation de sortir une épingle du jeu, piquant la vedette sur cet océan houleux, je m'éprends dans ce galion de la coque à sa cale !

A travers le hublot, sous le niveau de l'eau, jouant avec les nuées et mirages ombrageux, ma vie dure et l'amour va et vient, la mélancolie m'accoste et s'emporte, l'embrun de ce sel me ronge et me berce en surface. Puis mon regard vague observe vos courants sans jamais prendre place.

Le mouvement de sa houle agite une odeur âcre à mon cœur, ma tête pressurisée sous quelques profondeurs.

A cette constatation, les tentations de boire s'affairent pour briser la coque de la douleur.

Vous qui me faites l'honneur d'une dernière goutte de vers glas, Madame sauvez moi de cette chaste foi où l'eau de vie a votre évident exploit, sans me conter les autrefois sous le rythme de cette houle et cette mousse délabrée, vaporeuse.

Je reconnaitrais cette soif qu'est cet air triste à la grève de notre épopée … trop ivre de vous avoir goûtée.

Mon périple en naufrage de ces basses marrées, à quai les entendements !

Ce sel m'efface et me rend consistant de la plus belle manière. Alors comme un sincère d'os, je mutile sa mémoire si difficile à mettre sous quelconque mise en page sans que ma dignité se défausse. C'est inscrit, c'est ainsi que se trouve toutes mes brèves solvables et salutaires. Réceptacle d'état d'âme, géant dans ces océans sans frontière, je bois dans son calice comme un être qui se désaltère, ivre de sa fraicheur.

Force suprême ou démoniaque adultère, mes sensations ont une fois plongé tout entier dans son univers, me transformant en chimère ; transposant le réel à l'imparfait de ses désirs. A cette fin, elle vous suggère de mettre à genoux l'ensemble de vos principes pour porter ce poids autour de son cou. Un édifice de plus, dans son désert marin où mon vague sentiment humain s'évapore.

Puisque dans ce sel, les chimères se dévoilent de leur imposture, inspirant des voiles et des mers, comme la somme de nos amours qui se dématérialise de cette soif permanente dans le jeu du temps et de la matière, saurait-elle vraiment ce que je lui laisse, ce que je lui lègue dans cette incessante pensée qui me démange la peau.

A suivre

Histoire courte « abandonné au sel »

Jérémie Guidez

XIV

Dans l'euphorie de couleur, sur l'étrange teneur d'un fond noir, des nuances arc en ciel sur l'horizon, je suis séché et décapé par la féérie de cette compagnie. Les supports des mots assemblés ne suffisent à faire chorale à cette vitalité et toutes ses surprises. Derrière une baie vitrée s'osmose une peinture bien trempée acquise au portrait de caractères singuliers. Les protagonistes audacieux composaient leur art sous mes yeux ; un visuel qui brillait à la grâce d'un espace et d'individu charismatique.

L'effervescence y figure comme gravée découvrant le secret d'une manne illimitée, dans une symphonie dense où le partage se fait essence jaillit la couleur de nos mélanges ; et instille d'infinis espaces

Sous l'envolée d'un trait étrange, des escales aux rêves sans sursis. Innovant derrière les masques leurs mines réjouies, sans frasques vers de chevaleresques voyages. Epopée fine et imaginative d'un échange sans âge ni prérogative…

Sablée de féerie des peintures et des collages

Quelle esquisse prendra forme ? Du travail et de la volonté de réaliser et apprendre des méthodes.

Si c'est trop, ce n'est pas assez à la craie de l'idée alors échancrer un peu à mettre la gomme. Théâtre de poursuite, qui assiste et incite le trait, le choix du dépassement comme réforme des détails, du geste, du souffle magnifiant. La sublimation du rêve et son échappement. Sous ce tableau, tout est agilité

L'artiste équilibriste et sa prestation signe de son esprit et son abnégation, mélange de concret et d'abstrait. Appliqué lorsqu'il œuvre, envolé derrière le rendu, tout est évolution.

Et les couleurs sont belles à en battre le tempo du cœur…

Vite, vis la peinture, car rien ne s'épuise en la joie de vivre… créatrice. Le mouvement comme à nous sur cette toile où jamais le rideau ne se baisse. Inattendu, imprévu, à nous le geste, c'est certifié, tamponné, acidulé… De plus en plus détonnant, esprit entreprenant saisissant de mélange. Se dessine petit à petit, un caractère se profilant…A l'eau ou bien peinture à l'huile

Et de jour en jour, je navigue heureux ; quelque part où s'attache envoûtant le regard entre nous deux. De jour en jour, j'arrive et j'apprivoise ainsi ce qui nous sépare, n'égarant en rien cet espace et nos envies. Mes vers heureux lentement ressourcés par la profondeur de ton éclat ; comme à l'abri, comme si tu avais toujours été là…

Plus tard, sur les doigts menus, dégorge le noir d'un pochoir, apparat d'un personnage loin d'être dérisoire avec ce poil de pinceau sur la toile nue. Pointes de rouge, Stendhal ; autant qu'il y en a sur les joues…
A mon grand dam. Tout en brossant la coiffe en rayure de râteau de notre Marilyn Monroe. D'un cheveu, nous oubliâmes de changer la ouate. Rattrapage incongru survivant aux traits

du couteau…Encore quelques gouttes de bleu, Picasso

Ce travail de teneur et expressions des goûts subtils, je m'en approche au plus près comme au-devant d'une gourmandise. Un spectacle idéal, discernant les composants du graal en perles d'acrylique et Attrape rêve partant de regards touchants, méritant et brillant…

A suivre …

Histoire courte « expérience d'artiste »

Jérémie Guidez

XV

Libère-moi des nappes de pluies mouvantes, je veux toucher le ciel ! Et poser le sceau de la rime éternelle. Mémoire intemporelle de sens déferlant vers d'infinis éclats.

Dans une joute arc-en-ciel, mes pensées s'agrippent à ton rideau de scène, sculptant l'arche des nuits inspiré à notre civilisation …

Oh ciel ! Regarde-moi comme je suis frêle et sans voix. Du flot encensé je m'égoutte de souvenirs, en ciel étoilé. Le regard encore poète … Fougue d'empire de sable à la mer, marbré de ta divine sagesse. Bruine ton ode où brise la tendresse osmose ; en quelque espace ta chaleur m'éventre. Enfanté de toutes ces choses qui salent et scellent mes océans, d'ores et déjà se reposent ton chant telle une fontaine de jouvence et son pouvoir apaisant... Et la germinale rose au fond insatiable, depuis qu'existent le souffle et le vent.

Qui me disperse et me fait prendre la vague, émulsions d'émotions ; en tes seins je découvre la quête du graal !

Les senteurs d'arômes, labyrinthe septentrional, centaure des étincelles de notre aurore boréale,

Aux papilles de vers en blanches effusion de nos ailes, ton écume éternelle m'emploie, me noie dans les effluves fontaine.

M'empressant dans ces courants, le sentiment... flot des myriades où nos esprits fusionnent sous la rose chair de la lune venant. Je perçois ton amour au fond de l'infini stellaire ; sur les pans de notre évasions le bruit de ton incandescence météore ; et bien que les dieux, fussent-ils lumières, devenaient éblouie et entrèrent dans ta rébellion. Notre rite enchantant les satellites étourdit par notre attraction, de notre horizon l'éther de poésie perpétuelle pour que le point de jour s'inspire à la rosée de notre fusion.

En nos âmes, la quantique de nous deux ne fait qu'un dans le vide immensément fin,

 S'immisçant dans les yeux de tout être charnel qui s'immisce à s'aimer, à s'emmener dans les confins.

S'inspirant à partir de notre étoile pour rejoindre ainsi les lignes de cet espace ou toute histoire débute et n'en finit pas.

A suivre…

Histoire courte « constelationniste »

Jérémie Guidez

XVI

Allez bibi, il ne faut pas s'en faire, on ne sait pas trop de ce que t'a souffert… mais j'ai du nez comme Pinocchio, pour se dire que j'ai tellement songé plus belle la vie, ne tirant aucune fortune de ses pérégrinations ; je suis Aladin mais sans génie de mon passé, des histoires d'avant… Fuyant l'ombre comme Peter pan

J'embarque alors sur un nuage, vivant chaque aurore pour un peu plus d'imaginaire… En mes voyages de sophro, mes lobes temporaux à la Dumbo s'agitent dans les confins les plus tabou.

Guidez-moi alors vers mon enfance et son air ; une part belle où le sourire en ribambelle s'enrhume en suprême.

Aux travers de beaux stylos, l'encre a mer, naviguant comme un capitaine corsaire dans son repère, les eaux de mes yeux se déchainent, éprouvant encore du mystère dans ses yeux de petite sirène, puisque oui oui ma tendre et chère, est partie pour manger en loir et cher

Sissi princesse, toi qui me lis, nous sommes plus que pénitent, de plume de Calimero
Voler et atterrir sur la lune avec mon ami pierrot
Câlinant avec moi encore des rêves d'enfant.

A suivre…

Histoire courte « dessin d'enfant »

Jérémie Guidez

XVII

Voilà que je m'insinue entre ces pétales…

Offert au bouquet, accroché à toi. J'ai sortie des étalages de vieux adages.
La composition de rose et de violettes, mon amie la fleur ôte mes mots et me laisse au langage qui va avec les temps libertins pour la toilette d'un flacon de romarin pour votre peau. Des lys si vous saviez combien j'en ais mit de coté et cette dentelle, aussi fragile qu'un coquelicot ; pour notre nuit parcourir ton teint jasmin.
Depuis longtemps je veux vous regardez, et je confectionne pour demain les brins d'orge à

votre lumière, rafraichir votre teint et d'autre manière, nous reposant dans une étendue immense de bruyère.

Et me faire fleur sur ton chemin, au parfum apaisant et sans fin…Ravivant mon cœur d'homme à ne plus croire que les battements que fredonne l'abeille, mes papilles à la senteur du thym, vous sentir et vous raconter mes plaisirs d'enfance, me balader à vos coté et admirer votre prestance.

Des lors que je vous ai aperçu dans ma boutique, mon écrit ne parle que de vous et de vos iris, lorsque l'on s'est échanger un regard, ma sève grimpe, et comme le tournesol suit le soleil, je me sens triste, déboussolé lorsque vous êtes venu pour des chrysanthèmes.

Et une couronne.

A suivre

Histoire courte « le dimanche du fleuriste »

Jérémie Guidez

XVIII

Piliers à mon seul combat, pile l'amour va. Je
ne poursuis plus, comme le briguant qui s'en va,
l'obscurité et le silence. Depuis toi, j'y vois.

Je m'essouffle, tu me respire
J'expire, tu me souffle
Je te donnerai un empire
Tu veux juste que je te touche

Je te laisse découvrir une peau nue, apprendre
tes vertus de mots crus et cœur à prendre.
Et puis je t'ai vu transpercé le ciel
De cet éclat vernis et un bruit
Puis tout s'éteint
Ma vie de poule, s'en est finie
Une balle en plein cœur

Qui raisonne comme un refrain
Tu me regardes et je suis atteint
D'un feu qu'on ne peut éteindre
Rien ne remplacera les frissons éclair
De cette sensation
Dans cette nuit le coup de foudre est permis

Paupières fermées, je le vois dans mes songes
Aussi fort que lorsqu'il rentre en moi
Je serai une femme comblée et épanouie
Tant qu'il sera là pour allumer et éteindre mes
coups de folie

La fièvre nous accapare
À ta peau je m'égare
De ces flammes de nous en interne
Moments et instants se dévorent

Nos corps gracieux
L'esprit se reposant un peu
Dans le souvenir foudroyant de nos interstices
De cette nuit si belle
Jusqu'à ce que je m'évanouisse
Me serrant dans tes bras

Je l'ai vu déchirant mon ciel
C'est lui ma raison

Avec ses étoiles dans les yeux
L'homme aux yeux noirs qui titubé un peu
C'est moi son ivresse, son espoir
Et l'entendre me le dire me rend heureuse
Pas que je l'ensorcèle, mais
Je le ligoterais avec les cordes
Pour qu'il me reste attaché

Il remplace mes idées, comment
Je saurais sans ailes, je lui laisse deviner un peu
Ce qui nous entraine au septième ciel
Je l'ai vu déchirer les cieux
Evanouie dans ses yeux
Avec en moi ces étincelles

D'une lune féconde
Viens interroger un peu plus mon monde
Ton secret bon pied bonne œil
Sous la fraicheur de mon seuil
Chenapan qui se dérobe, s'épanche
Au contour de mes hanches

Tu m'as rendu amoureuse
En mon antre cette étoile filante, j'ai fait un
vœu.

Et ma tête dans les étoiles je n'ai qu'un seul souhait, celui de nous reconnaître en témoin du ciel.

A suivre…

Histoire courte « Foudre »

Jérémie Guidez

COLLECTION
_ MONDE HAUT _

- Kikou et autres magies contrariées
  (2020) Editions BoD
  Contes et nouvelles - Jérémie Guidez

- Valkyrie, perceptions en huis-clos
  (2021) Editions BoD
  Récit initiatique - Jérémie Guidez

- Shoot de story
  (2021) Editions BoD
  Histoires courtes - Jérémie Guidez